Uma mulher

FÓSFORO

ANNIE ERNAUX

Uma mulher

Tradução do francês por
MARÍLIA GARCIA

1ª reimpressão

É um erro achar que a contradição seja
inconcebível, pois é justo na dor dos seres vivos
que ela encontra sua verdadeira existência.

HEGEL

MINHA MÃE MORREU na segunda-feira 7 de abril na casa de repouso do hospital de Pontoise, para onde eu a tinha levado dois anos antes. A enfermeira disse ao telefone: "Sua mãe se foi hoje cedo depois do café da manhã". Eram mais ou menos dez horas.

Pela primeira vez a porta do quarto dela estava fechada. Já haviam limpado seu corpo e enfaixado sua cabeça com um pano branco que, passando por baixo do queixo, juntava toda a pele ao redor da boca e dos olhos. Um lençol a cobria até os ombros, deixando as mãos escondidas. Parecia uma mumiazinha. Estavam erguidas de cada lado da cama barras que a impediam de se levantar. Eu queria vestir nela a camisola branca, bordada com sianinha, que ela tinha comprado para o próprio enterro. A enfermeira me disse que uma mulher da unidade se encarregaria disso e também poria o crucifixo, que estava na gaveta da mesinha de cabeceira. Faltavam dois pregos que fixavam os braços de cobre na cruz. A enfermeira não tinha certeza se ia conseguir encontrar. Não importava, de qualquer jeito eu queria que pusessem o crucifixo nela. Na mesinha móvel, estava o buquê de sinos-dourados que eu tinha levado na véspera. A enfermeira recomendou que em seguida eu fosse à administração do hospital. Nesse meio-tempo, fariam o inventário dos objetos pessoais da minha mãe. Ela não tinha quase nada, um blazer, sapatos de verão azuis, um barbeador elétrico. Uma mulher começou a gritar, a mesma, fazia meses. Eu não entendia como ela ainda estava viva e minha mãe, morta.

No escritório da administração, uma moça perguntou o que eu queria. "Minha mãe morreu essa manhã." "No hospital ou no setor de longa permanência? Qual o sobrenome?" Ela olhou uma folha e deu um leve sorriso: já tinha localizado. Foi buscar o prontuário da minha mãe e fez algumas perguntas sobre ela, local de nascimento, seu último endereço antes de entrar no setor de longa permanência. Essas informações deviam constar no prontuário.

No quarto da minha mãe, tinham arrumado, na mesa de cabeceira, um saco plástico com os pertences dela. A enfermeira me entregou a ficha do inventário para assinar. Eu não queria levar as roupas e os objetos que tinham sido dela ali, exceto uma estatueta comprada muito tempo antes, numa viagem de peregrinação a Lisieux com meu pai, e um menininho limpador de chaminés savoiano, lembrancinha de Annecy. Agora que eu tinha chegado podiam levar minha mãe para o necrotério do hospital sem aguardar as duas horas regulamentares de conservação do corpo na unidade depois do falecimento. Ao ir embora, vi na sala envidraçada dos funcionários a senhora que dividia o quarto com minha mãe. Ela estava sentada segurando a bolsa, aguardando que minha mãe fosse transportada para o necrotério.

Meu ex-marido me acompanhou à agência funerária. Atrás da vitrine de flores artificiais, havia poltronas e uma mesa de centro com algumas revistas. Um funcionário nos levou a um escritório, perguntou a data de óbito, o local do enterro, se seria com missa ou sem. Ele anotava tudo numa lista comprida e de vez em quando digitava alguma coisa numa calculadora. Então nos conduziu a uma sala escura, sem janelas, e acendeu a luz. Havia uma dúzia de caixões em pé encostados à parede. Ele especificou: "todos os preços já incluem o imposto". Três caixões estavam abertos para que pudéssemos escolher a cor do acolchoado. Escolhi o de carvalho porque era sua árvore preferida e ela sempre se preocupava em saber, ao comprar um móvel novo, se era de carvalho. Meu ex-marido sugeriu o acolchoado rosa antigo. Estava orgulhoso, quase feliz por lembrar que com frequência ela usava corpetes dessa cor. Fiz um cheque para o funcionário. Eles cuidavam de tudo, menos da provisão de flores naturais. Voltei para casa por volta do meio-dia e tomei um vinho do Porto com meu ex-marido. Comecei a sentir dor de cabeça e de barriga.

Por volta das cinco horas, telefonei para o hospital para perguntar se era possível ver minha mãe no necrotério com meus dois filhos. A telefonista respondeu que era tarde demais, o necrotério fechava às quatro e meia. Saí sozinha de carro, em busca de uma floricultura aberta na segunda-feira nos bairros novos perto do hospital. Eu queria lírios-brancos, mas a florista me desaconselhou, eram usados para as crianças, para as meninas, a rigor.

O enterro foi na quarta-feira. Cheguei ao hospital com meus filhos e meu ex-marido. O necrotério não estava sinalizado, ficamos perdidos até encontrá-lo, era uma construção térrea de concreto, ao lado de uma área verde. Um funcionário de avental branco que estava ao telefone fez um gesto com as mãos para aguardarmos sentados num corredor. Ficamos em cadeiras enfileiradas na parede, em frente a um banheiro cuja porta fora deixada aberta. Eu ainda queria ver minha mãe e pôr sobre ela dois raminhos de marmeleiro florido que eu levara na bolsa. Não sabíamos se daria para vê-la uma última vez antes de fecharem o caixão. O funcionário da agência funerária que nos atendera na loja saiu de uma sala ao lado e, gentilmente, nos convidou a acompanhá-lo. Minha mãe estava no caixão, com a cabeça para trás, as mãos unidas segurando o crucifixo. Haviam tirado o pano que a enrolava e vestido a camisola de sianinha. Um lençol de cetim a cobria até o peito. Era uma grande sala vazia, de concreto. Não sei por onde entrava uma leve luz do dia.

O funcionário avisou que a visita tinha chegado ao fim e nos acompanhou até o corredor. Tive a sensação de que ele havia nos levado até minha mãe para que constatássemos a boa qualidade dos serviços da empresa. Atravessamos os bairros novos até a igreja, construída ao lado do centro cultural. O carro funerário não tinha chegado, esperamos diante da igreja. Do outro lado da rua, na fachada do supermercado, haviam pichado: "o dinheiro, os produtos e o Estado são os três pilares do apartheid". Um padre se aproximou, bastante afável. Perguntou, "é sua mãe?", e aos meus filhos indagou se estavam estudando e em qual universidade.

Uma espécie de caminha vazia, forrada de veludo vermelho, estava sobre o chão de cimento, diante do altar. Mais tarde, os homens da agência funerária puseram ali em cima o caixão da minha mãe. O padre ligou o toca-fitas, que passou a tocar uma música de órgão. Nós éramos os únicos assistindo à missa, minha mãe não conhecia ninguém ali. O padre falou da "vida eterna", da "ressurreição de nossa irmã" e entoou alguns cânticos. Minha vontade era de que aquilo durasse para sempre, que ainda fizéssemos alguma coisa por ela, gestos, cantigas. A música de órgão recomeçou e o padre apagou as velas em cada canto do caixão.

O carro da agência funerária partiu em seguida para Yvetot, na Normandia, onde minha mãe seria enterrada ao lado do meu pai. Fiz a viagem no meu próprio carro, com meus filhos. Choveu durante todo o trajeto, o vento soprava em rajadas. Os meninos me faziam perguntas sobre a missa, pois nunca tinham visto uma antes e não souberam como se comportar durante a cerimônia.

Em Yvetot, a família estava reunida perto da grade de entrada do cemitério. Uma das minhas primas gritou de longe, "que tempo é esse, parece até novembro!", para não ficar só vendo a gente se aproximar sem dizer nada. Caminhamos juntos na direção do túmulo do meu pai. Ele tinha sido aberto, a terra posta de lado em um montinho amarelado. Trouxeram o caixão da minha mãe. No instante em que ele foi posicionado em cima do fosso, entre as cordas, os homens me chamaram para mais perto a fim de que eu o visse deslizar por entre as paredes da vala. O coveiro esperava a alguns metros, com a pá. Usava um macacão azul-escuro, boné e botas, a tez arroxeada. Fiquei com vontade de falar com ele e lhe dar cem francos, ponderando que talvez ele usasse o dinheiro para beber. Mas não importava, aliás, pelo contrário, ele fora o último homem a cuidar da minha mãe, cobrindo-a de terra durante toda a tarde, era preciso que tivesse algum prazer nisso.

A família não quis que eu fosse embora sem almoçar. A irmã da minha mãe planejara ir a um restaurante depois do enterro. Decidi ficar, isso também parecia ser uma coisa que eu ainda podia fazer por ela. O serviço do restaurante estava lento, falamos de trabalho, crianças, algumas vezes sobre a minha mãe. Diziam, "de que adiantaria ela viver nesse estado por muitos anos". Para todos, era melhor que tivesse morrido. Essa é uma frase, uma certeza que eu não entendo. Voltei para o subúrbio parisiense no fim da tarde. Tudo tinha mesmo chegado ao fim.

NA SEMANA SEGUINTE, passei a chorar em qualquer lugar. Ao acordar, sabia que minha mãe estava morta. Tinha sonhos pesados, mas não me lembrava de nada, apenas que ela estava neles, e morta. Eu não fazia nada além do necessário para viver, compras, comida, roupa na máquina de lavar. Muitas vezes esquecia a sequência de cada coisa, depois de descascar os legumes eu parava, só emendando o gesto seguinte — lavar os alimentos — depois de um esforço de reflexão. Ler era impossível. Uma vez, desci ao porão e a mala da minha mãe estava lá, com a carteira dela, uma bolsa colorida e lenços dentro. Fiquei prostrada diante da mala aberta. Quando me encontrava fora de casa, na cidade, era pior. Estava dirigindo e, de repente: "ela nunca mais estará em lugar nenhum do mundo". Não conseguia mais entender o modo como as pessoas se comportavam, a atenção minuciosa no açougue, quando escolhiam determinado corte de carne, era para mim um horror.

Pouco a pouco esse estado vai desaparecendo. Ainda sinto uma satisfação ao perceber que o tempo continua frio e chuvoso, como no início do mês, quando minha mãe estava viva. E instantes de vazio a cada vez em que eu constato "não vale mais a pena" ou "não preciso mais" (fazer isso ou aquilo por ela). Alguns pensamentos deixam um buraco em mim: pela primeira vez, ela não vai ver a primavera. (Sentir a partir de agora a força das frases comuns e até mesmo dos clichês.)

Amanhã completam-se três semanas do dia do enterro. Só anteontem consegui superar o terror de escrever no alto de uma folha em branco, como o começo de um livro, e não de uma carta a alguém, "minha mãe morreu". Também consegui olhar algumas de suas fotos. Numa delas, à beira do Sena, ela estava sentada com as pernas dobradas. É uma imagem em preto e branco, mas é como se eu visse os cabelos ruivos dela, os reflexos de seu blazer de alpaca preta.

Vou continuar escrevendo sobre a minha mãe. Ela é a única mulher que realmente importou para mim e estava demente havia dois anos. Talvez eu devesse esperar que a doença e a morte dela se dissolvessem no percurso passado da minha vida, como os outros acontecimentos, a morte do meu pai e a minha separação, de modo que eu pudesse ganhar a distância que facilita a análise das lembranças. Mas nesse momento não sou capaz de fazer outra coisa.

É uma empreitada difícil. Para mim, minha mãe não tem história. Ela sempre esteve aqui. Ao falar dela, meu primeiro movimento é fixá-la em imagens que não trazem uma dimensão temporal: "ela era agressiva", "era uma mulher muito intensa", e evocar de modo desordenado cenas em que ela aparecia. Assim, só encontro a mulher do meu imaginário, a mesma que, há alguns dias, em meus sonhos, vejo outra vez viva, sem idade definida, num ambiente de tensão que lembra filmes angustiantes. Gostaria de capturar também a mulher que existiu fora de mim, a mulher real, nascida num bairro rural de um vilarejo na Normandia e falecida na unidade geriátrica de um hospital no subúrbio de Paris. O que eu espero escrever de mais exato se situa, sem dúvida, na articulação entre o familiar e o social, o mito e a história. Meu projeto é de natureza literária, pois trata de buscar uma verdade sobre a minha mãe que só pode ser alcançada por meio das palavras. (Ou seja, nem as fotos, nem minhas lembranças, nem os testemunhos da família podem me dar esta verdade.) Mas quero permanecer, de certa forma, abaixo da literatura.

Yvetot é uma cidade fria, construída sobre um planalto exposto ao vento, entre Rouen e o Havre. No começo do século, era o centro comercial e administrativo de uma região totalmente agrícola e ficava nas mãos de grandes proprietários. Meu avô, carroceiro numa fazenda, e minha avó, que trabalhava em casa como tecelã, se instalaram ali alguns anos depois de se casarem. Os dois vinham de um vilarejo vizinho, a três quilômetros dali. Alugaram uma casinha com pátio, do outro lado da estrada de ferro, na periferia, uma zona rural de limites indefinidos, entre os últimos bares perto da estação e as primeiras plantações de colza. Minha mãe nasceu lá, em 1906, a quarta de seis filhos. (Ela tinha orgulho em dizer: "eu não nasci no campo".)

Quatro dos filhos nunca na vida saíram de Yvetot, e minha mãe viveu ali durante três quartos da dela. Eles se aproximaram do centro, mas não chegaram a morar lá. "Iam à cidade" para a missa, para comprar carne, para os pagamentos que tinham de fazer. Agora, minha prima tem um apartamento no centro, atravessado pela Nationale 15, por onde circulam caminhões dia e noite. Ela dá ao gato um sonífero para impedir que ele saia e seja atropelado. O bairro onde minha mãe passou a infância é muito procurado pelas pessoas de alto poder aquisitivo, por ser um lugar calmo e pelas casas antigas.

Minha avó ditava as próprias regras e cuidava de "endireitar" os filhos por meio de gritos e pancadas. Era uma mulher que trabalhava duro, uma pessoa difícil, cuja única distração era ler folhetins. Tinha habilidade caligráfica e, como fora a primeira do seu cantão a ter um diploma, poderia ter sido professora. Os pais não consentiram que ela saísse do vilarejo. Ir para longe da família era na época garantia de desgraça. (Em normando, "ambição" significa a dor de ser apartado, um cachorro pode morrer de ambição.) Para compreender também essa história que se encerrou aos onze anos, é preciso lembrar de todas as frases que começam por "naquela época": naquela época, as crianças não iam para a escola como hoje, elas davam ouvidos aos pais etc.

Ela era uma boa dona de casa, em outras palavras, com o mínimo de dinheiro conseguia alimentar e vestir a família, arrumava os filhos para a missa com roupas sem furos nem manchas e assim chegava perto de ter uma dignidade que lhes permitia viver sem se sentirem broncos. Dobrava os cós e os punhos das camisas para que durassem o dobro de tempo. Aproveitava tudo, a nata do leite e o pão amanhecido para fazer bolos, as cinzas da lenha para o sabão das roupas, o calor do fogão apagado para secar as ameixas ou os panos de prato, a água usada ao lavar o rosto pela manhã para limpar as mãos ao longo do dia. Conhecia todas as práticas que amenizam a pobreza. Esse saber, passado de mãe para filha durante séculos, parou em mim, que sou apenas a arquivista de todos eles.

Meu avô, um homem forte e gentil, morreu aos cinquenta anos de uma crise de angina no peito. Minha mãe tinha treze anos e gostava muito dele. Quando ficou viúva, minha avó passou a ser ainda mais severa, sempre alerta. (Duas imagens horríveis, a prisão para os rapazes, a gravidez para as moças solteiras.) A tecelagem em casa desapareceu, então ela passou a lavar roupa para fora e arrumar escritórios.

No fim da vida, morava com a filha mais nova e o genro num alojamento sem eletricidade, antigo refeitório de uma fábrica que ficava logo depois da via férrea. Minha mãe me levava para vê-la aos domingos. Era uma mulher pequena e gordinha, que se mexia com rapidez apesar de ter, de nascença, uma perna mais curta que a outra. Ela lia romances, falava pouco e de forma brusca, adorava tomar aguardente, que misturava na xícara com um fundo de café. Morreu em 1952.

A infância de minha mãe foi mais ou menos assim:

um apetite nunca saciado. Ao voltar da padaria, devorava o pedaço de pão extra que o padeiro incluía no pacote para chegar no peso. "Até os vinte e cinco anos, eu podia comer o mar com os peixes dentro!",

o mesmo quarto para todos os filhos, a cama dividida com a irmã, as crises de sonambulismo, quando a encontravam de pé no pátio, dormindo de olhos abertos,

os vestidos e sapatos que passavam de uma irmã à outra, uma boneca de pano no Natal, os dentes estragados pela sidra,

mas também os passeios nos cavalos de arado, a patinação no lago congelado durante o inverno de 1916, as brincadeiras de esconde-esconde e pular corda, os insultos e gestos de desprezo — virar-se e dar um tapa na bunda com a mão firme — dirigidos às "senhoritas" do colégio particular,

toda uma existência ao ar livre, de menina do campo, com os mesmos saberes dos meninos, serrar a lenha, sacudir a macieira e matar galinha com uma tesourada na garganta. A única diferença, não deixar ninguém pôr as mãos "naquele lugar".

Ela frequentava a escola pública rural quando os trabalhos agrícolas e as doenças dos irmãos e irmãs permitiam. Pouquíssimas lembranças daquela época, além das exigências de polidez e higiene feitas pelas professoras: mostrar as unhas, o cós da camisa, descalçar um dos pés (nunca dava para saber qual era preciso lavar). O ensino passou por ela sem despertar nenhum interesse. Ninguém "estimulava" os filhos, era preciso que estivesse "dentro deles" e a escola servia apenas para passar o tempo quando não estavam a cargo dos pais. Podia-se faltar às aulas, não se perdia nada. Mas não à missa, que lhes dava, mesmo aos que ficavam no fundo da igreja, por compartilhar com todos a riqueza, a beleza e o ambiente (o paramento bordado, os cálices de ouro e os cânticos), o sentimento de que não "viviam como cães". Minha mãe desde cedo demonstrou grande interesse pela religião. O catecismo foi a única disciplina que ela aprendeu com paixão e da qual conhecia de cor todas as respostas. (Mais tarde, ainda mantinha o modo ofegante e alegre de responder aos padres na igreja, como se quisesse mostrar que entendia do assunto.)

Nenhuma alegria ou tristeza por ter deixado a escola aos doze anos e meio, essa era a regra geral.* Na fábrica de marga-

* Armadilha, porém, tratar desse assunto apenas no passado. No *Le Monde* de 17 de junho de 1986, lemos a propósito da região da minha mãe, a Alta-Normandia: "Um atraso na escolarização que nunca foi suprido, apesar das melhoras, continua trazendo consequências [...]. A cada ano, 7 mil jovens deixam o sistema escolar sem formação. Oriundos de 'classes relegadas', eles não conseguem obter estágios qualificados. Metade deles, segundo um pedagogo, 'não sabe ler duas páginas concebidas para a idade deles'". (N.A.)

rina onde ela foi trabalhar, sofreu com o frio e a umidade, as mãos molhadas com queimaduras que duravam o inverno inteiro. Depois disso, nunca mais conseguiu "chegar perto" de margarina. Quase nada, portanto, de uma "adolescência sonhadora", mas, por outro lado, a espera pelo sábado à noite, quando saía o pagamento que devia ser dado à mãe, guardando só o suficiente para comprar a revista *Le Petit Écho de la Mode* e o pó de arroz, as risadas soltas, os momentos de raiva. Um dia, o cachecol do supervisor ficou preso na correia de uma máquina. Ninguém o ajudou, ele precisou se soltar sozinho. Minha mãe estava ao lado dele. Como admitir tal atitude a não ser tendo passado pela mesma carga de alienação?

Com o movimento da industrialização dos anos 1920, apareceu uma grande fábrica de cordas que arrastou todos os jovens da região. Minha mãe, assim como suas irmãs e dois irmãos, foi contratada. Para maior comodidade, minha avó se mudou, alugando uma casinha a cem metros da fábrica, cuja faxina ela se encarregava de fazer à noite, com as filhas. Minha mãe se divertia nas oficinas limpas e secas, onde não era proibido falar e rir durante o trabalho. Tinha orgulho de ser operária numa grande fábrica: um pouco como ser civilizada ao lado dos selvagens — as moças do campo que deviam ficar atrás das vacas — e livre aos olhos das escravizadas — as empregadas das casas burguesas, obrigadas a "limpar a bunda dos patrões". Mas sentia tudo o que a separava, de maneira indescritível, de seu sonho: ser vendedora de uma loja.

Como muitas famílias grandes, a família da minha mãe funcionava feito um clã, ou seja, minha avó e os filhos tinham o mesmo modo de se comportar e de viver sua condição de operários semirrurais, o que lhes permitia ser reconhecidos, eram "os D...". Falavam alto, homens e mulheres, em todas as circunstâncias. Tinham uma alegria exuberante, mas desconfiada, se zangavam com facilidade e não "mandavam recado" por outras pessoas quando tinham alguma coisa a dizer. Acima de tudo, sentiam orgulho de sua força de trabalho. Era raro admitirem que havia alguém mais corajoso que eles. Diante das limitações que sempre enfrentavam, afirmavam a certeza de serem "alguém". Talvez viesse daí a energia que tinham ao se lançar em todas as coisas, o trabalho, a comida, rir até não poder mais e, uma hora depois, anunciar "vou me jogar no poço".

De todos, minha mãe era quem tinha mais violência e orgulho, uma lucidez revoltada acerca de sua posição inferior na sociedade e a recusa em ser julgada apenas por isso. Uma das reflexões frequentes que fazia sobre os ricos era: "valemos o mesmo que eles". Era uma mulher loira, bonita e forte ("tem gente que compraria minha saúde!"), de olhos cinzentos. Gostava de ler tudo o que lhe caía nas mãos, cantar músicas novas, se maquiar, ir com os amigos ao cinema e ao teatro ver *Desonra* e *O mestre de forjas*. Sempre disposta a "tirar proveito das coisas".

Mas numa época e num vilarejo em que o mais importante da vida social consistia em saber o máximo da vida das pessoas, em que se exercia uma vigilância constante e natural sobre a conduta das mulheres, a única saída era se equilibrar entre o desejo de aproveitar a juventude e a preocupação de que ninguém lhe "apontasse o dedo". Minha mãe se esforçou para se submeter ao julgamento mais favorável possível dedicado às moças que trabalhavam nas fábricas: "operária, *mas* séria", indo à missa e cumprindo os sacramentos, o pão abençoado, bordando seu enxoval com as irmãs do orfanato, sem jamais ir ao parque sozinha com um rapaz. Mas ela não percebia que suas saias encurtadas, seu cabelo curtinho, seus olhos "determinados" e, principalmente, o fato de trabalhar com homens bastavam para impedir que a tratassem como ela desejava, "uma moça direita".

A juventude de minha mãe em parte foi: um esforço para escapar do destino mais provável, a pobreza certamente, talvez o álcool. E de tudo aquilo que acontece com uma operária quando ela "se deixa levar" (fumar, por exemplo, andar na rua à noite, sair usando uma roupa suja) e "nenhum rapaz sério" quer mais saber dela.

Seus irmãos e irmãs não conseguiram escapar de nada disso. Quatro morreram ao longo dos últimos vinte e cinco anos. Durante muito tempo, era o álcool que preenchia a ânsia de cada um, os homens nos bares, as mulheres em casa (apenas a irmã mais nova, que não bebia, ainda está viva). Já não tinham alegria nem palavras a menos que estivessem um pouco embriagados. O resto do tempo, cumpriam o trabalho sem falar, "um bom operário", uma empregada da qual não se tem "nada a reclamar". Ao longo dos anos, se acostumar a ser avaliado pelo olhar dos outros apenas em relação à bebida, "estar sóbrio", "encher a lata". Numa véspera de Pentecostes, ao voltar da aula, encontrei minha tia M... Como em todos os dias de descanso, ela ia para a cidade com a bolsa cheia de garrafas vazias. Me deu um abraço cambaleando, sem dizer nada. Acho que minha escrita não poderia ser o que é se eu não tivesse encontrado minha tia naquele dia.

Para uma mulher, o casamento significava a vida ou a morte, a esperança de se sair melhor a dois ou de afundar de vez. Assim, era preciso reconhecer o homem que seria capaz de "fazer uma mulher feliz". Naturalmente não seria um rapaz da zona rural, mesmo sendo rico, pois a faria ordenhar vacas num vilarejo sem eletricidade. Meu pai trabalhava na fábrica de cordas, era alto, bem apessoado, tinha "estilo". Não bebia, guardava o salário para montar sua casa. Tinha uma personalidade calma, alegre e era sete anos mais velho que ela (não dava para pegar um "pirralho"!). Ela sorria e se ruborizava ao contar: "eu era bastante cortejada, fui pedida em casamento várias vezes, mas escolhi seu pai". Costumava acrescentar: "ele era diferente dos outros".

A história do meu pai se parece com a da minha mãe, família grande, o pai carroceiro, a mãe tecelã, abandonou a escola aos doze anos, no caso dele, para trabalhar no campo como empregado da fazenda. Mas seu irmão mais velho tinha conseguido um bom emprego na empresa ferroviária, duas irmãs haviam se casado com ajudantes de lojas. Antigas empregadas domésticas, elas sabiam falar sem gritar, andar devagar, ser discretas. Já tinham um pouco mais de "dignidade", mas também uma tendência a difamar as moças da fábrica, como a minha mãe, cuja aparência e gestos as faziam se lembrar do mundo que estavam prestes a deixar. Para elas, meu pai "poderia ter encontrado coisa melhor".

Eles se casaram em 1928.

Na foto do casamento, ela está com um rosto religioso de madona, pálida, com duas mechas em pega-rapaz, sob um véu que envolve a cabeça e desce até os olhos. Bem dotada de busto e quadril, com pernas bonitas (o vestido não cobre os joelhos). Sem sorrir, uma expressão tranquila, uma pitada divertida e curiosa no olhar. Ele parece bem mais velho, de bigodinho e gravata-borboleta. Está franzindo as sobrancelhas, tem um ar ansioso, com medo talvez de que a foto não ficasse boa. Uma das mãos segura a cintura dela, a outra o ombro. Estão numa vereda, à beira de um pátio coberto com mato alto. Atrás deles, as folhagens de duas macieiras que se juntam formando um domo sobre os dois. Ao fundo, a fachada de uma casinha. É uma cena que chego a sentir, o chão de terra seca, as pedrinhas soltas, o cheiro de mato no começo do verão. Mas essa não é minha mãe. Por mais que tente olhar a foto por um tempo, até a alucinante impressão de achar que os rostos estão se mexendo, vejo somente uma jovem inacessível, um pouco desconfortável num traje de filme dos anos 1920. Apenas a mão grande apertando as luvas e o jeito de manter a cabeça erguida me dizem que é ela.

Tenho quase certeza da felicidade e do orgulho dessa jovem recém-casada. Sobre os desejos, não tenho a menor ideia. Nas primeiras noites — confidência feita a uma irmã — ela deitou na cama sem tirar a calcinha por baixo da camisola. Isso não quer dizer nada, o amor só poderia acontecer em meio à vergonha, mas era preciso que acontecesse, e muito bem, quando se é alguém "normal".

No começo, o entusiasmo de se portar como uma senhora e estar na própria casa, estrear o conjunto de louça, a toalha de mesa bordada do enxoval, sair de braços dados com "seu marido" e as risadas, as discussões (ela não sabia cozinhar); as reconciliações (ela não era de fazer birra), a impressão de uma vida nova. Mas os salários não aumentavam. Tinham de pagar o aluguel, as prestações dos móveis. Obrigados a ficar de olho em tudo, pedir legumes aos pais (não tinham uma horta), e, no fim das contas, a mesma vida de antes, que eles experimentavam de modo diferente. Os dois tinham o mesmo desejo de ir longe, mas nele havia mais medo diante da luta a empreender, e a tentação de se resignar à sua condição, e nela havia a convicção de que não tinham nada a perder e que deveriam fazer tudo para sair daquilo "custe o que custar". Orgulho de ser operária, mas não a ponto de querer permanecer assim para sempre, sonhando com a única aventura à sua altura: abrir uma mercearia. Ele seguiu os rastros dela, ela era a vontade social do casal.

Em 1931, compraram a crédito uma pequena loja que vendia bebida e comida em Lillebonne, cidade operária de 7 mil habitantes, a vinte e cinco quilômetros de Yvetot. O café-mercearia ficava na Vallée, região de fábricas têxteis de fiação que datavam do século 19 e que marcavam o tempo e a existência das pessoas do nascimento à morte. Ainda hoje, dizer "Vallée do pré-guerra" significa falar da maior concentração de alcoólatras e de mães solteiras, da umidade brotando das paredes e dos bebês morrendo de diarreia em duas horas. Minha mãe tinha vinte e cinco anos. Foi nesse momento que precisou se tornar ela mesma, com a visão que tinha, os gostos e o modo de ser, características que eu acreditei por um bom tempo terem sido sempre suas.

Não conseguiam viver da renda da mercearia, então meu pai passou a fazer uns bicos em canteiros de construções, depois numa refinaria da região do Baixo Sena, onde virou mestre de obras. Ela cuidava da loja sozinha.

Logo começou a se entregar com paixão ao negócio, "sempre sorrir", "uma palavrinha gentil para cada um", uma paciência infinita: "eu venderia até pedra!". No começo, uma miséria industrial que, apesar de mais dura, parecia com a que ela já tinha vivido, e, consciente da situação, ela tirava seu sustento de pessoas que não tinham de onde tirar mais nada.

Talvez não tivesse tempo para cuidar de si mesma, entre a mercearia, o café, a cozinha, onde começou a crescer uma menininha, nascida pouco depois de terem se instalado na Vallée. Funcionar das seis da manhã (as mulheres da fábrica têxtil vinham comprar leite) até onze da noite (os jogadores de cartas e de bilhar), ser "incomodada" a qualquer hora por uma clientela acostumada a voltar várias vezes ao longo do dia para fazer as compras. O gosto amargo de ganhar pouco mais que uma operária e a assombração de não conseguir "ir longe". Mas ao mesmo tempo certo poder — não estaria ajudando as famílias a sobreviver dando-lhes a possibilidade de comprar fiado? —, o prazer de falar e ouvir — tantas histórias de vida contadas na loja —, em suma, a felicidade de ampliar os limites do seu mundo.

E ela "evoluía" também. Por ter sido obrigada a ir a todo canto (pagar os impostos, ir à prefeitura), lidar com fornecedores e representantes, aprendeu a observar a si mesma falando, não saía mais "de cara lavada". Passou a se perguntar, quando ia comprar um vestido, se ele era "elegante". Tinha a esperança, seguida de uma certeza, de não parecer mais "ser do campo". Além de Delly e das obras católicas de Pedro, o Eremita, lia Bernanos, Mauriac e as "histórias escabrosas" de Colette. Meu pai não evoluía assim tão depressa quanto ela, mantendo a dureza tímida daquele que, sendo operário de dia, sente que não está no lugar certo à noite, na posição de dono do café.

Vieram os anos duros da crise econômica, as greves, Blum, o homem que "era, enfim, a favor dos operários", as leis sociais, as festas tarde da noite no café, a família do lado dela que vinha e então dava-se um jeito de espalhar colchões por todos os cômodos, e que ia embora com bolsas abarrotadas de provisões (ela tinha facilidade em dar coisas, afinal, não era a única a ter conseguido se sair bem?), as rusgas com a família "do outro lado". A dor. A filhinha deles era forte e alegre. Numa foto, ela parece grande para a idade, as pernas finas, os joelhos proeminentes. Está rindo, a mão na testa cobre os olhos do sol. Em outra foto, ao lado de uma prima no dia da primeira comunhão, aparece séria, embora esteja brincando com os dedos, estendidos diante de si. Em 1938, ela morreu de difteria, três dias antes da Páscoa. Queriam ter só uma criança para que ela fosse mais feliz.

A dor que se esconde, simplesmente o silêncio da neurastenia, as rezas e a crença de que "uma santinha subiu aos céus". Outra vez a vida, no começo de 1940 ela esperava outro bebê. Eu nasci em setembro.

Agora tenho a sensação de que escrevo sobre a minha mãe para poder eu mesma trazê-la ao mundo.

Faz dois meses que comecei, ao escrever numa folha de papel, "minha mãe morreu na segunda-feira 7 de abril". É uma frase que agora consigo suportar e até mesmo ler sem experimentar uma emoção diferente da que sentiria se essa frase fosse de outra pessoa. Mas não consigo ir ao bairro do hospital e da casa de repouso, nem me lembrar de repente de detalhes que eu tinha esquecido do último dia em que ela estava viva. No começo, eu achava que estava escrevendo depressa. Fico, de fato, muito tempo me perguntando sobre a ordem das coisas que devo dizer, a escolha e a disposição das palavras, como se houvesse uma ordem ideal, uma única capaz de traduzir a verdade sobre a minha mãe — mas não sei em que ela consiste —, e no momento em que escrevo a única coisa que conta para mim é descobrir essa ordem.

O Êxodo: ela saiu pelas estradas até Niort, com os vizinhos, dormindo em granjas, bebendo "um vinhozinho dali", em seguida voltou sozinha de bicicleta, atravessando as barragens alemãs, para dar à luz em casa um mês depois. Sem medo algum, e tão suja que ao chegar meu pai não a reconheceu.

Durante a Ocupação, a Vallée se fechou ao redor da mercearia, na esperança de conseguir se abastecer. Ela se esforçava para ter comida para todo mundo, sobretudo famílias grandes, vontade e orgulho de ser boa e útil. Durante os bombardeios, não queria se refugiar nos abrigos coletivos aos pés da colina, preferia "morrer na própria casa". À tarde, no intervalo entre dois alertas de bomba, ela me levava para passear de carrinho para me deixar forte. Era a época das amizades fáceis, e nos bancos dos parques públicos ela estreitava laços com jovens reservadas que tricotavam diante das caixas de areia, enquanto meu pai tomava conta da loja vazia. Os ingleses e os norte-americanos entraram em Lillebonne. Os tanques atravessaram a Vallée, jogando chocolate e sachês de laranja em pó que todo mundo catava no meio da poeira, todas as noites o café cheio de soldados, às vezes algumas rixas, mas sempre festa, e aprender a dizer *shit for you*. Depois ela contaria os anos da Guerra como um romance, a grande aventura da sua vida. (Ela gostou tanto de *...E o vento levou*) Talvez, em meio à tristeza coletiva, houvesse uma espécie de pausa em sua luta para ir longe, luta que agora era inútil.

A mulher daqueles anos era bonita, pintava o cabelo de ruivo. Tinha uma voz alta e forte, costumava gritar num tom horrível. Ria muito também, uma risada gutural que mostrava os dentes e as gengivas. Ela cantava passando roupa, "Le Temps des cerises", "Riquita, jolie fleur de Java", usava turbantes, um vestido de verão com listras grossas azuis, outro bege, macio e estampado. Com um pompom enchia o rosto de pó de arroz diante do espelho sobre a pia, passava batom começando pelo coraçãozinho do meio, se perfumava atrás da orelha. Para apertar o espartilho, ela se virava para a parede. A pele escapava entre os cordões cruzados, amarrados na parte de baixo por um laço. Eu conhecia todas as partes do corpo dela. Eu achava que, ao crescer, seria ela.

Um domingo, eles faziam um piquenique à beira de uma encosta, perto de um bosque. Lembrança de estar entre os dois, num ninho de voz e pele, de risadas contínuas. Na volta, fomos pegos por um bombardeio, estou na barra da bicicleta do meu pai e ela descendo a encosta à nossa frente, com a postura ereta no selim pressionado contra as nádegas. Sinto medo das bombas e de que ela morra. Tenho a impressão de que nós dois éramos apaixonados pela minha mãe.

Em 1945, eles foram embora da Vallée, onde eu não parava de tossir e não me desenvolvia por causa da névoa, e voltaram para Yvetot. O pós-guerra era mais difícil de viver do que a guerra. As restrições continuavam e os que tinham "enriquecido no mercado ilegal" agora ocupavam uma posição confortável. Na busca por outro comércio, ela passeava comigo no centro destruído, por ruas cheias de escombros, e me levava para rezar na capela instalada numa sala de espetáculos, no lugar da igreja que fora queimada. Meu pai trabalhava tapando os buracos das bombas, eles moravam num quarto e sala sem luz elétrica, com os móveis desmontados contra as paredes.

Três meses depois, ela voltou a viver a experiência de ser dona de um café-mercearia semirrural, num bairro poupado pela guerra, afastado do centro. Apenas uma minúscula cozinha e, no primeiro andar, um quarto e duas mansardas, para comer e dormir fora do olhar dos clientes. Mas havia um grande quintal, galpões para armazenar a lenha, feno e palha, um lagar e, sobretudo, uma clientela que pagava em dinheiro vivo. Enquanto atendia no café, meu pai cuidava da horta, criava galinhas e coelhos, fazia a sidra que eles vendiam aos clientes. Depois de ter sido operário durante vinte anos, voltou a um modo de vida meio camponês. Ela cuidava da mercearia, dos pedidos e das contas, era a senhora do dinheiro. Pouco a pouco, passaram a uma situação superior à dos operários do entorno, conseguindo, por exemplo, se tornar donos do ponto comercial e de uma casinha anexa.

Nos primeiros verões, quando estavam de férias, os antigos clientes de Lillebonne vinham encontrar com eles, famílias inteiras, de ônibus. Todos se abraçavam e choravam. Juntavam as mesas do café para comer, cantavam e lembravam do período da Ocupação. Depois, no começo dos anos 1950, deixaram de vir. Ela dizia, "isso é passado, temos que seguir em frente".

Algumas imagens dela, entre quarenta e quarenta e seis anos: numa manhã de inverno, ela ousa entrar na sala de aula para pedir à professora para encontrarem a echarpe de lã que eu tinha esquecido no banheiro e que fora caríssima (durante muito tempo eu soube o preço).

um verão, à beira-mar, ela pesca mexilhões em Veule-les-Roses, com uma cunhada mais jovem. Ela levanta o vestido cor-de-rosa com listras pretas e o amarra na frente. Muitas vezes elas saem para tomar drinques e comer docinhos num café instalado numa barraca perto da praia, riem sem parar.

na igreja, ela cantava a plenos pulmões o cântico à Virgem, "*J'irai la voir um jour, au ciel, au ciel*". Eu ficava com vontade de chorar e a detestava por isso.

ela tinha vestidos de cores vivas e um blazer preto de lã texturizada, ela lia *Confidences* e *La Mode du Jour*. Guardava seus paninhos higiênicos manchados de sangue num canto do sótão até terça-feira, que era o dia de lavar roupa.

quando eu olhava muito para ela, ela perdia a paciência, "perdeu alguma coisa?".

nas tardes de domingo, ela se deitava de roupa e meia-calça. Deixava que eu me deitasse na cama ao seu lado. Ela dormia rápido, eu ficava lendo, encolhida em suas costas.

num almoço depois de uma comunhão, ela ficou embriagada e vomitou ao meu lado. Depois disso, em todas as festas eu ficava vigiando seu braço esticado na mesa, erguendo o copo, desejava com todas as minhas forças que ela não o levantasse.

Ela foi engordando, chegou aos oitenta e nove quilos. Comia muito, sempre guardava pedacinhos de açúcar no bolso do avental. Para emagrecer arrumou uns comprimidos numa farmácia em Rouen, escondida do meu pai. Parou de comer pão com manteiga, mas só perdeu dez quilos.

Ela batia as portas, golpeava as cadeiras empilhando-as sobre as mesas para varrer o chão. Tudo o que fazia, fazia com barulho. Não pousava os objetos nos lugares, parecia jogá-los.

Bastava olhar para ela para saber se estava aborrecida. Em família, dizia o que pensava com palavras bruscas. Ela me chamava de peste, porca, vaca ou simplesmente "desagradável". Batia em mim por qualquer coisa, geralmente dava tapas, mas às vezes socos nos ombros ("quase matei essa aí, se não tivesse me segurado!"). Cinco minutos depois, me abraçava com força e eu era sua "bonequinha".

Ela me dava brinquedos e livros sempre que tinha uma ocasião, festa, doença, um passeio na cidade. Me levava ao dentista, ao especialista em brônquios, procurava comprar para mim bons sapatos, casacos quentes, todo material escolar pedido pela professora (ela me matriculou no pensionato, e não na escola pública). Quando eu comentava que uma colega tinha, por exemplo, uma lousa portátil que não quebrava, ela me perguntava em seguida se eu queria ter uma igual: "não quero que digam que você tem menos que as outras". Seu desejo mais profundo era me dar tudo o que não tivera. Mas isso representava para ela tamanho esforço de trabalho, tanto apuro com dinheiro e uma preocupação com a felicidade dos filhos tão nova em relação à educação de outros tempos que ela não conseguia deixar de dizer: "você custa caro pra gente" ou "mesmo tendo tudo, você não está feliz!".

Tento não considerar a violência, os transbordamentos afetivos, as censuras de minha mãe apenas como traços pessoais de caráter, mas situá-los também em sua história e sua condição social. Essa forma de escrever que me parece ir na direção da verdade me ajuda a sair da solidão e da confusão produzidas pela lembrança individual, pois descubro um significado mais amplo. Mesmo assim sinto que alguma coisa em mim resiste e gostaria de conservar, de minha mãe, imagens puramente afetivas, calor ou lágrimas, sem lhes dar um sentido.

Ela era uma mãe comerciante, ou seja, pertencia antes de mais nada aos clientes que nos "sustentavam". Era proibido incomodá-la quando estava atendendo alguém (tantas vezes esperei atrás da porta que separava a loja da cozinha para pedir um fio para bordar, permissão para ir brincar etc.). Se ela ouvia muito barulho, aparecia, me dava uns tapas sem dizer nada e voltava para a mercearia. Cedo me iniciou no respeito às regras que deviam ser observadas com os clientes — dar bom-dia com a voz clara, não comer, não discutir na frente deles, não criticar ninguém —, bem como na desconfiança que eles deveriam inspirar, nunca acreditar no que contavam, vigiá-los discretamente quando estivessem sozinhos na loja. Ela tinha duas caras, uma para a clientela, outra para nós. Quando a campainha tocava, entrava em cena, sorridente, com um tom de voz paciente para encarar o ritual de perguntas sobre a saúde, as crianças, a horta. De volta à cozinha, o sorriso sumia, ela ficava um instante em silêncio, esgotada depois de encenar um papel que reunia prazer e amargura, já que exigia dela tanto esforço por pessoas que desconfiava estarem prontas para ir embora se "encontrassem outro lugar mais barato".

Era uma mãe que todo mundo conhecia, em uma palavra: era pública. No pensionato, quando me mandavam ir para a lousa: "se sua mãe vende dez pacotes de café a tanto" e assim por diante (é claro que nunca havia este outro exemplo, também real, "se sua mãe serve três doses a tanto...").

Ela nunca tinha tempo: de arrumar a cozinha, manter a casa "como deveria", um botão costurado na minha roupa já vestida, bem na hora de ir para a escola, a blusa que ela passava num canto da mesa na hora de vestir. Às cinco da manhã ela esfregava o chão e desempacotava as mercadorias, no verão limpava o canteiro de rosas antes de abrir o café. Trabalhava com força e rapidez, ficava muito orgulhosa das tarefas difíceis, as quais, porém, maldizia, lavar a roupa pesada, limpar o piso do quarto com palha de aço. Era impensável para ela descansar e ler sem um motivo, dizendo simplesmente "eu mereço esse descanso" (e ainda assim, quando entrava um cliente, escondia seu folhetim debaixo de uma pilha de roupas a remendar). As discussões entre ela e meu pai tinham um único assunto, a quantidade de trabalho que um deixava para o outro. Ela protestava, "sou eu que faço tudo aqui".

Meu pai lia somente o jornal local. Recusava-se a ir aonde não sentia que era "seu lugar" e dizia, a respeito de muitas coisas, que não eram para ele. Gostava de dominó, baralho, horta e bricolagem. Achava que não fazia diferença falar numa "linguagem correta" e continuava usando expressões do patoá. Já minha mãe tentava evitar erros de francês, não dizia "meu marido", mas "meu esposo". Às vezes numa conversa arriscava alguma expressão que não era do nosso costume, mas que ela tinha lido ou ouvido de "gente de bem". A hesitação dela, e até o rubor, por medo de se enganar, e os risos do meu pai, que zombava de suas "palavras pomposas". Quando se sentia segura para usar as expressões, se divertia repetindo-as e sorrindo quando eram comparações que ela julgava literárias ("está com o coração remendado" ou "ela não esquenta o banco..."), de modo a atenuar qualquer resquício pretensioso em sua boca. Ela gostava do "belo", das coisas que davam um ar "elegante", a loja Printemps mais do que as Nouvelles Galeries. Naturalmente ficava tão impressionada quanto ele diante dos tapetes e dos quadros do consultório do oculista, mas queria sempre dominar seu assombro. Uma de suas expressões mais corriqueiras: "estou colhendo os frutos" (por ter feito alguma coisa). Aos comentários do meu pai sobre uma roupa nova ou a maquiagem caprichada antes de sair, ela respondia com prontidão: "preciso manter o meu lugar".

Desejava aprender: as regras dos bons modos (tanto medo de não saber, a incerteza permanente sobre os usos), o que deve ser feito, as novidades, o nome dos grandes escritores, os filmes que entravam em cartaz (mas ela nunca ia ao cinema, por falta de tempo), o nome das flores nos jardins. Ouvia com atenção todas as pessoas que falavam de assuntos que ela ignorava, por curiosidade, por vontade de mostrar que estava aberta ao conhecimento. Para ela, se instruir era antes de mais nada aprender (dizia, "ocupar melhor a cabeça") e não havia nada mais belo do que o saber. Os livros eram os únicos objetos que ela manipulava com cuidado. Lavava as mãos antes de tocar neles.

Através de mim deu continuidade ao desejo de aprender. À noite, na mesa, pedia para eu falar da minha escola, do que tinha aprendido, das professoras. Sentia prazer usando as minhas expressões, "recreio", "redação" ou "ginástica". Achava normal que eu a "corrigisse" quando ela dizia alguma coisa "errada". Não me perguntava mais se eu ia "comer" alguma coisa, mas se eu ia "fazer um lanchinho". Me levava a Rouen para ver monumentos históricos e o museu e, em Villequier, os túmulos da família Hugo. Sempre disposta a admirar as coisas. Lia os livros que eu lia, sugeridos pelo livreiro. Mas às vezes passava os olhos pelo jornalzinho *Le Hérisson*, esquecido por algum cliente, e ria: "que besteirada, mas a gente lê mesmo assim!". (Ao me levar ao museu, talvez não sentisse exatamente prazer vendo os vasos egípcios, mas, sim, orgulho por estar me levando na direção de um saber e de interesses que ela tinha consciência de serem de pessoas instruídas. As esculturas funerárias da catedral, Dickens e Daudet no lugar da revista *Confidences*, que fora um dia abandonada, serviam, sem dúvida, mais para a minha felicidade que para a dela.)

Eu a julgava superior ao meu pai, porque ela me parecia mais próxima das professoras e dos professores. Tudo nela, a autoridade, a ambição, as vontades, lembravam a escola. Havia entre nós uma cumplicidade da qual ele estava excluído: em torno da leitura, dos poemas que eu recitava para ela, dos docinhos no salão de chá em Rouen. Ele me levava ao parque de diversões, ao circo, aos filmes de Fernandel, me ensinou a andar de bicicleta, a reconhecer os legumes na horta. Com ele eu me divertia, com ela tinha "conversas". Entre os dois, ela era a figura dominante, a lei.

Algumas imagens mais irritadas dela, por volta dos cinquenta anos. Sempre bem-disposta, forte e generosa, cabelos loiros ou ruivos, mas com uma expressão em geral contrariada quando não precisava mais sorrir para os clientes. Tinha tendência a usar algum incidente ou reflexão inofensiva para descontar a raiva pela condição de vida (o pequeno comércio do bairro estava ameaçado pelas lojas novas do centro reconstruído) e a se aborrecer com os irmãos e irmãs. Depois da morte da minha avó, ela ficou de luto por um bom tempo e passou a ir à missa uma vez por semana, de manhã cedo. O que havia de "romanesco" nela desapareceu.

1952. O verão de seus quarenta e seis anos. Fomos de ônibus passar o dia em Étretat. Ela escala a falésia pelo mato, com um vestido de crepe azul com flores grandes, que vestiu atrás das rochas para trocar a roupa de luto com que tinha saído de casa por causa da vizinhança. Ela chega ao topo depois de mim, ofegante, o rosto brilhando de suor por baixo do pó de arroz. Havia dois meses que sua menstruação não vinha mais.

Na adolescência, me afastei dela e entre nós duas passou a haver somente brigas.

No mundo em que ela fora jovem, a ideia da liberdade das mulheres não era sequer considerada, a não ser em termos de perdição. Só se falava em sexualidade de modo obsceno, interdito aos "ouvidos jovens" ou como um julgamento social, ter uma boa ou má conduta. Ela nunca me falou nada a respeito e eu nunca ousei perguntar o que quer que fosse, a mera curiosidade já seria considerada o começo do vício. A angústia que senti quando chegou a hora de lhe contar que eu tinha ficado menstruada, pronunciar pela primeira vez a palavra na frente dela, e o constrangimento dela ao me entregar o acessório, sem me explicar como usar.

Ela não gostou de me ver crescer. Quando me via sem roupa, meu corpo parecia lhe causar repugnância. Talvez ter seios e quadril significasse a ameaça de que eu correria atrás dos rapazes e não me interessaria mais pelos estudos. Ela tentava me manter criança, dizendo que eu tinha treze anos quando faltava uma semana para completar catorze, me fazendo usar saias plissadas, meias curtas e sapatos baixos. Até os dezoito anos, quase todas as nossas discussões eram em torno da proibição de sair, da escolha de roupas (ela vivia repetindo, por exemplo, que queria que eu usasse uma cinta quando saísse, "você vai ficar mais elegante"). Aparentemente, ela sentia uma raiva desproporcional em relação ao assunto: "você não vai sair DE JEITO NENHUM assim" (com esse vestido, com esse penteado etc.), mas que me parecia normal. Nós duas sabíamos com o que deveríamos nos preocupar: ela, com meu desejo de agradar aos rapazes, e eu, com a assombração de "me acontecer uma desgraça", em outras palavras, dormir com qualquer um e engravidar.

Às vezes eu achava que se ela morresse, eu não sentiria nada.

Ao escrever, vejo ora a mãe "boa", ora a "má". Para escapar dessa oscilação que vem do mais longínquo da minha infância, tento descrever e explicar como se estivesse falando de outra mãe e de uma filha que não fosse eu. Assim, escrevo da forma mais neutra possível, mas determinadas expressões ("se te acontece uma desgraça!") não podem ter em mim o mesmo efeito de outras, abstratas ("rejeição do corpo e da sexualidade", por exemplo). No momento em que me lembro delas, tenho a mesma sensação de desânimo que tinha aos dezesseis anos e, por um instante, confundo a mulher que mais marcou minha vida com aquelas mães africanas prendendo os braços de suas filhinhas atrás das costas enquanto a matriarca faz a excisão do clitóris.

Ela deixou de ser meu modelo. Passei a me sensibilizar com a imagem feminina que encontrava na leitura de *L'Écho de la Mode* e que parecia as mães das minhas colegas pequeno-burguesas do pensionato: magras, discretas, que sabiam cozinhar e chamavam a filha de "minha querida". Achava minha mãe muito espalhafatosa. Eu virava os olhos quando ela tirava a rolha de uma garrafa segurando-a entre as pernas. Sentia vergonha do seu jeito brusco de falar e se comportar, e com ainda mais intensidade porque me dava conta do quanto eu me parecia com ela. Eu a censurava por ser aquilo que eu, enquanto passava para um meio diferente, buscava não ser mais. E descobria que, entre o desejo de se educar e ter de fato educação, havia um abismo. Minha mãe precisava de uma enciclopédia para dizer quem tinha sido Van Gogh e só conhecia o nome dos grandes escritores. Ela ignorava como funcionavam meus estudos. Eu havia admirado muito minha mãe, não havia como não culpá-la, mais que o meu pai por não poder me acompanhar, por me deixar sem ajuda no mundo da escola e das amigas que tinham uma biblioteca em casa, por só ter conseguido me oferecer apreensão e suspeita, "com quem você estava? pelo menos está estudando?".

Nos dirigíamos uma à outra num tom de briga, em qualquer circunstância. Eu respondia com silêncio às suas tentativas de manter a antiga cumplicidade ("dá para dizer tudo a uma mãe"), agora impossível: se eu falasse de algum desejo meu que não tivesse relação com os estudos (viagens, esportes, festinhas) ou discutisse política (a guerra na Argélia estava em curso), ela me ouvia primeiro com satisfação, feliz por eu confiar nela, e de repente, com violência, "deixa de encher a cabeça com tudo isso, a escola é mais importante".

Comecei a desprezar as convenções sociais, as práticas religiosas, o dinheiro. Copiava poemas de Rimbaud e Prévert, colava fotos de James Dean na capa dos meus cadernos, ouvia "La Mauvaise réputation", de Brassens, ficava entediada. Vivia minha revolta adolescente ao modo romântico, como se meus pais tivessem sido burgueses. Me identificava com os artistas incompreendidos. A revolta, para a minha mãe, tivera um único sentido, repelir a pobreza, e uma única forma, trabalhar, ganhar dinheiro e ficar tão bem quanto os outros. Por isso aquela censura amargurada, que eu não compreendia, do mesmo jeito que ela não compreendia minha atitude: "se tivessem te enfiado numa fábrica aos doze anos, você não seria assim. Você é feliz e não sabe". E ainda, com frequência, refletia com raiva a meu respeito: "essa vai ao pensionato e não vale mais do que as outras".

Em determinados momentos, ela tinha na própria filha à sua frente uma inimiga de classe.

Tudo o que eu queria era ir embora. Ela aceitou que eu fosse para o ensino médio em Rouen, mais tarde para Londres. Estava disposta a todos os sacrifícios para que eu tivesse uma vida melhor, inclusive o maior deles, que eu me separasse dela. Longe do olhar da minha mãe, mergulhei fundo naquilo que ela tinha me proibido, então me empanturrei de comida, então deixei de comer durante algumas semanas, até a vertigem, antes de saber como ser livre. Enfim, esqueci dos nossos conflitos. Quando era estudante na faculdade de letras, tinha dela uma imagem purificada, sem gritos nem violência. Tinha certeza de seu amor e desta injustiça: ela passava o dia inteiro vendendo batata e leite para que eu estivesse sentada num anfiteatro ouvindo falarem de Platão.

Ficava contente ao revê-la, mas não sentia sua falta. Voltava para estar com ela sobretudo quando me sentia infeliz por conta de histórias sentimentais que eu não podia lhe contar, ainda que agora ela me confidenciasse, cochichando, as relações ou o aborto de uma fulana: estava implícito que eu tinha idade para entender, mas essas coisas nunca diziam respeito a mim.

Quando eu chegava, ela estava atrás do balcão. Os clientes se viravam. Ela corava um pouco e sorria. Só na cozinha, depois que a última cliente tivesse ido embora, nos abraçávamos. As perguntas sobre o trajeto, o estudo, "vai pegar suas coisas para eu lavar" e "guardei todos os jornais desde a sua última vinda". Entre nós uma gentileza, quase uma timidez de duas pessoas que não moram mais juntas. Durante anos, só tive com ela momentos que eram "regressos".

Meu pai foi operado do estômago. Ele se cansava depressa e não tinha mais força para levantar as caixas. Ela se encarregava de tudo e trabalhava por dois sem se queixar, quase com satisfação. Desde que eu saíra de lá, eles brigavam menos, ela havia se aproximado dele, com frequência o chamava carinhosamente de "meu pai", mais conciliadora em relação aos hábitos dele, como fumar, "ele precisa ter uma alegriazinha". No verão, aos domingos, eles davam um passeio de carro pelo campo ou visitavam os primos. No inverno, depois de ir às vésperas, ela saía para cumprimentar os idosos. Voltava pelo centro, parando para ver televisão no subsolo de uma galeria comercial onde os jovens se reuniam na saída da sessão de cinema.

Os clientes ainda diziam que ela era uma mulher bonita. Sempre de cabelos tingidos, salto alto, mas com uma penugem debaixo do queixo, que ela queimava escondido, e óculos bifocais. (Satisfação, prazer secreto do meu pai, ao ver que por meio desses indícios ela ganhava os anos que tinha a menos que ele.) Já não usava vestidos leves de cores fortes, apenas conjuntos cinza ou pretos, mesmo no verão. Para ficar mais à vontade, não punha a camisa para dentro da saia.

Até os vinte anos, eu achava que era a responsável pelo envelhecimento dela.

Ninguém sabe que estou escrevendo sobre ela. Mas não estou escrevendo sobre ela, tenho a impressão de estar vivendo com ela num tempo, em lugares onde ela está viva. Às vezes, em casa, me deparo com objetos que foram dela, anteontem um dedal de costura, que ela encaixava no dedo torcido por uma máquina na fábrica de cordas. De imediato o sentimento de sua morte me invade e estou no tempo verdadeiro, em que ela nunca mais estará. Nessas condições, "lançar" um livro não tem nenhum outro significado além de reafirmar a morte definitiva de minha mãe. Vontade de insultar os que me perguntam, sorrindo, "quando vai sair seu próximo livro?".

Mesmo vivendo longe, como eu não era casada, ainda pertencia a ela. Quando a família ou os clientes perguntavam de mim, ela respondia: "tem bastante tempo para casar. Na idade dela, nem tudo está perdido", exclamando em seguida, "mas não estou querendo guardá-la para mim. Faz parte da vida ter marido e filhos". Ela teve um sobressalto e ficou toda corada quando lhe contei, num verão, meus planos de casar com um estudante de ciências políticas de Bordeaux, e buscou impedimentos, recobrando a desconfiança camponesa que, apesar de tudo, ela julgava ter ficado para trás: "não é um rapaz do nosso meio". Depois, mais tranquila, e até contente, num vilarejo onde o casamento constitui um marco essencial para posicionar as pessoas, ninguém ia dizer que eu acabei ficando "com um operário". Uma nova forma de cumplicidade nos juntou em torno de talheres e panelas para comprar, dos preparativos para o "grande dia", e mais tarde em torno das crianças. Já não haveria nenhum outro tipo de cumplicidade entre nós.

Meu marido e eu tínhamos o mesmo nível de escolaridade, debatíamos Sartre e a liberdade, íamos ver *A aventura*, de Antonioni, tínhamos as mesmas opiniões políticas de esquerda, mas não vínhamos do mesmo mundo. No dele, as pessoas não eram realmente ricas, mas tinham ido para a universidade, se expressavam bem sobre qualquer assunto, jogavam bridge. A mãe do meu marido, da mesma idade que a minha, tinha um corpo que se mantivera fino, um rosto liso, mãos bem-cuidadas. Ela conseguia ler qualquer trecho de partitura e sabia como "receber" (o tipo de mulher que se via nas novelas televisivas, na casa dos cinquenta anos, colar de pérolas sobre a blusa de seda, "deliciosamente ingênua").

Diante desse mundo, minha mãe ficou dividida entre a admiração que sentia pela boa educação, elegância, cultura e o orgulho em ver a filha pertencer a ele, e por outro lado o medo de que, sob uma capa de requintada civilidade, ela pudesse ser desprezada. Toda a dimensão de seu sentimento de não ser digna, sentimento do qual ela não me separava (talvez fosse preciso mais uma geração para apagá-lo), estava na frase que ela me disse na véspera do meu casamento: "trate de cuidar bem da sua casa, para ele não te *devolver*". E, a respeito da minha sogra, há alguns anos: "dá para ver que ela não foi criada como *nós*".

Com medo de não agradar por ser quem ela era, esperava ser querida por aquilo que ela dava. Quis nos ajudar financeiramente durante nosso último ano de estudo, e depois se preocupava sempre em saber o que gostaríamos de ter. A outra família tinha senso de humor, originalidade, não se via obrigada a nada.

Fomos para Bordeaux, depois Annecy, onde meu marido conseguiu um emprego na área administrativa. Acumulando aulas num colégio na montanha a quarenta quilômetros de distância, com um filho e a cozinha para cuidar, eu passei a ser uma mulher sem tempo. Não pensava mais em minha mãe, ela estava tão longe quanto a minha vida de antes do casamento. Respondia de modo sucinto às cartas que ela nos mandava de quinze em quinze dias, que começavam com "queridos filhos", e nas quais ela lamentava o tempo todo o fato de estar longe demais e não poder nos ajudar. Nos encontrávamos uma vez por ano, no verão, por alguns dias. Contava para ela de Annecy, do apartamento, das estações de esqui. Ela constatava, falando com meu pai, "vocês estão bem, isso é o principal". Quando ficávamos sozinhas, ela parecia querer que eu fizesse confidências sobre o meu marido e minhas relações com ele, e ficava decepcionada diante do meu silêncio, por eu não poder responder à pergunta que devia assombrá-la acima de tudo: "pelo menos ele te faz feliz?".

Em 1967, meu pai morreu de um infarto, em quatro dias. Não posso descrever esses momentos porque já fiz isso em outro livro, ou seja, não há qualquer outro relato possível, com outras palavras, outra ordem de frases. Posso apenas dizer que vejo outra vez minha mãe lavando o rosto do meu pai depois de morto, vestindo as mangas de uma camisa limpa, seu terno de domingo. Ao mesmo tempo ela o embalava com palavras gentis como se ele fosse uma criança que banhamos e botamos para dormir. Diante desses gestos, simples e precisos, pensei que ela sempre soube que ele morreria antes. Na primeira noite, ela ainda dormiu na cama ao lado dele. Até a agência funerária o levar embora, ela subia para vê-lo entre um cliente e outro, assim como fez durante os quatro dias em que ele passou doente.

Depois do enterro, ela ficou cansada e triste, me confessando: "é duro demais perder seu companheiro". Ela manteve a loja como antes. (Acabo de ler num jornal, "o desespero é um luxo". Esse livro que eu tenho tempo e meios para escrever desde que perdi minha mãe também é, sem dúvida, um luxo.)

Ela passou a ver mais a família, ficava conversando na loja durante horas a fio com mulheres jovens, fechava mais tarde o café, frequentado agora pela juventude. Comia bastante, tinha engordado outra vez e falava muito, inclinada a se abrir com os outros como uma mocinha, lisonjeada ao me contar que dois viúvos tinham se interessado por ela. Em maio de 1968, disse ao telefone: "está um agito aqui também, um agito!". Depois, no verão seguinte, do lado de quem queria recolocar ordem nas coisas (indignada, mais tarde, com os esquerdistas que devastaram em Paris a delicatéssen Fauchon, que ela julgava parecida com a sua mercearia, apenas maior).

Nas cartas, dizia que não sobrava tempo para se entediar. Mas no fundo tinha só uma esperança, viver comigo. Um dia, disse tímida: "se eu fosse morar com você, poderia cuidar da sua casa".

Em Annecy, pensava nela com culpa. Morávamos numa "grande casa burguesa", tivemos um segundo filho: ela não "aproveitava" nada daquilo. Eu a imaginava com seus netos em meio a uma vida confortável que, eu achava, ela apreciaria, já que a tinha projetado para mim. Em 1970, ela vendeu a loja como casa particular, já que não encontrou ninguém que tocasse o comércio, e veio morar conosco.

Era um dia agradável de janeiro. Ela chegou à tarde com o caminhão de mudança, enquanto eu estava no colégio. Ao voltar, eu a vi de longe no jardim, segurando seu neto de um ano nos braços, acompanhando o transporte dos móveis e das caixas de conservas que tinham sobrado. Seus cabelos estavam completamente brancos, ela ria, transbordando energia. De longe, gritou para mim: "chegou bem na hora!". De repente, com desânimo, pensei, "agora minha vida vai ser para sempre ao lado dela".

No começo, ela ficou menos feliz que o esperado. Da noite para o dia, sua vida de comerciante tinha acabado, o medo do vencimento das contas, o cansaço, mas também o vaivém e as conversas com a clientela, o orgulho de ganhar "seu próprio" dinheiro. Aqui ela era somente a "avó", ninguém a conhecia na cidade e ela só podia conversar conosco. De súbito o mundo dela encolheu e esfriou, ela sentia que não valia mais nada.

Além disso: morar na casa dos filhos era compartilhar uma forma de viver da qual ela se orgulhava (para a família: "eles estão bem de vida!"). E era também não deixar secando os panos de chão sobre o aquecedor da entrada, "tomar cuidado com as coisas" (discos, taças de cristal), ter "higiene" (não assoar as crianças com o próprio lenço). Descobrir que não ligávamos para coisas que lhe eram importantes, as notícias terríveis nos jornais, crimes, acidentes, boas relações com a vizinhança, medo constante de "incomodar" as pessoas (até as risadas a chateavam, a propósito dessas preocupações). Era viver num mundo que por um lado a acolhia e por outro a excluía. Um dia, disse com raiva: "eu não me encaixo muito bem aqui".

Assim, minha mãe não atendia o telefone quando tocava e ela estava perto, batia na porta da sala de forma ostensiva antes de entrar, quando o genro estava vendo um jogo na TV, reclamava sem parar do trabalho, "se não me dão mais nada para fazer, vou ter que ir embora" e, um pouco irônica, "vou ter que pagar pelo meu quarto!". Tivemos algumas discussões relacionadas a essa atitude dela, eu a censurava por se humilhar de propósito. Levei muito tempo para perceber que minha mãe sentia em minha própria casa o mal-estar que eu sentira, adolescente, nos "meios mais abastados que os nossos" (como se apenas os "inferiores" sofressem as diferenças que os outros julgam não ter importância). E que, ao fingir se considerar uma empregada, ela instintivamente transformava a dominação cultural, real — dos filhos lendo *Le Monde* ou ouvindo Bach — numa dominação econômica, imaginária, do patrão sobre o empregado: uma forma de se revoltar.

Ela acabou aclimatada, gastando a energia e o entusiasmo no cuidado com os netos e com uma parte da manutenção da casa. Procurava me liberar de todas as tarefas materiais, lamentava por ter que me deixar cozinhar e fazer as compras, ligar a máquina de lavar roupa, que ela tinha medo de usar: queria não ter que dividir o único domínio no qual era reconhecida e se sentia útil. Como em outros tempos, era a mãe que recusa qualquer ajuda, com o mesmo ar de reprovação ao me ver trabalhar com as mãos, "deixa isso aí, você tem coisa mais importante para fazer" (ou seja, fazer o dever de casa quando eu tinha dez anos, agora preparar minhas aulas, me comportar como uma intelectual).

Outra vez voltamos a nos tratar com esse tom específico, irritado e eternamente recriminatório, que sempre levava a crer, de forma equivocada, que estávamos brigando, o tom que eu reconheceria entre uma mãe e uma filha em qualquer língua.

Ela adorava os netos e não tinha limites na dedicação a eles. À tarde, saía para passear pela cidade com o mais novo no carrinho. Entrava em igrejas, passava horas no parque de diversões, andava pelos bairros antigos e só voltava à noite. No verão, subia com os dois na colina Annecy-le-Vieux, levava-os à beira do lago, satisfazia o desejo deles por balas, sorvetes e voltas no carrossel. No banco dos parques, conhecia gente que ela passava a encontrar regularmente, papeava com a padeira da rua, recriava o seu mundo.

Agora lia o *Le Monde* e o *Le Nouvel Observateur*, ia à casa de uma amiga "tomar chá" (dizia, rindo, "não gosto disso, mas não digo nada!"), se interessava por antiguidades ("isso deve valer alguma coisa"). Não deixava mais escapar nenhum palavrão, se esforçava para manipular as coisas com suavidade, em suma, "vigiando" a si mesma, aparando de si sua violência. Ficava orgulhosa por conquistar já no fim da vida esse saber ensinado desde a adolescência às mulheres burguesas de sua geração, a gestão perfeita do "interior".

Agora ela só usava cores claras, nunca uma roupa preta.

Numa foto de setembro de 1971, ela está radiante com seus cabelos bem brancos, mais magra do que antes, com uma camisa Rodier com estampa de arabescos. Com as mãos, cobre os ombros dos netos que estão à frente dela. São as mesmas mãos grandes e dobradas de sua foto de recém-casada.

Em meados dos anos 1970, ela foi conosco para uma cidade nova em plena construção, que ficava no subúrbio parisiense, onde meu marido conseguira um cargo mais importante. Morávamos numa casa num condomínio novo, no meio de uma planície. Comércios e escolas ficavam a dois quilômetros. Só víamos os outros moradores à noite. Nos fins de semana, eles lavavam o carro e prendiam prateleiras na garagem. Era um lugar vazio e impessoal, onde nos sentíamos flutuando, privados de sentimentos e de pensamento.

Ela não se acostumou a morar lá. À tarde, passeava pela Rue des Roses e Des Jonquilles, Des Bleuets, todas vazias. Escrevia inúmeras cartas para as amigas de Annecy, para a família. Às vezes ia até o centro Leclerc, do outro lado da estrada, por ruas em péssimo estado nas quais os carros salpicavam lama nela. Voltava de cara amarrada. Depender de mim e do meu carro para suas necessidades mais básicas, um par de meias, a missa ou o cabeleireiro, era um fardo para ela. Ficava irritada, protestava, "não dá para ficar só lendo!". A instalação de uma máquina lava-louças foi quase uma humilhação ao tirar dela uma de suas ocupações, "o que eu vou fazer agora?". No condomínio, ela falava com uma única mulher, uma antilhana que trabalhava num escritório.

Ao fim de seis meses, ela decidiu voltar, mais uma vez, para Yvetot. Mudou-se para um pequeno apartamento térreo numa residência para idosos, perto do centro. Feliz por ser de novo independente, por reencontrar a última de suas irmãs — as outras haviam morrido —, antigos clientes, sobrinhas casadas que a convidavam para festas e comunhões. Ela pegava livros na biblioteca municipal, ia para Lourdes, em outubro, com a peregrinação diocesana. Mas também, aos poucos, a mesmice das coisas numa vida sem trabalho, a irritação de ter como vizinhos apenas velhos (a recusa violenta de participar das atividades do "clube da terceira idade"), e certamente uma insatisfação secreta: as pessoas da cidade onde ela viveu cinquenta anos, as únicas que, no fundo, ela gostaria que fossem testemunhas do sucesso de sua filha e seu genro, nunca poderiam se certificar disso com os próprios olhos.

Esse pequeno apartamento será a última moradia dela. Um cômodo um pouco escuro, com a cozinha num canto que dava para um jardinzinho, um nicho para a cama e a mesinha de cabeceira, um banheiro, um interfone para falar com a zeladora da residência. Era um espaço que encurtava todos os gestos, onde aliás não havia nada para fazer além de ficar sentado, ver televisão, esperar a hora do jantar. Todas as vezes que eu ia visitar minha mãe, ela repetia, olhando em volta: "eu seria muito exigente se me queixasse". Ela me parecia ainda bastante jovem para estar lá.

Almoçávamos uma de frente para a outra. No começo, tínhamos muita coisa para dizer, a saúde, o desempenho escolar dos meninos, as novas lojas, as férias, acabávamos nos interrompendo, mas logo vinha o silêncio. Como ela costumava fazer, tentava retomar a conversa, "conforme eu estava dizendo...". Uma vez, pensei, "desde o meu nascimento, esse apartamento é o único lugar onde minha mãe morou sem eu morar também com ela". Na hora de eu ir embora, ela trazia um documento que pedia para eu lhe explicar ou ficava procurando por toda parte uma dica de beleza ou de limpeza que tinha separado para mim.

Em vez de ir visitá-la, eu preferia que ela viesse até nós: parecia mais fácil inserir minha mãe durante quinze dias em nossa vida do que compartilhar três horas da vida dela, na qual nada acontecia. Logo que era convidada, ela vinha correndo. Tínhamos saído do condomínio e nos mudado para um vilarejo antigo colado na cidade nova. Esse lugar lhe agradava. Ela aparecia na plataforma da estação, com frequência usando um blazer vermelho, com a mala que ela não deixava que eu carregasse. Mal chegava, começava a limpar os canteiros de flores. No verão, em Nièvre, onde passava um mês conosco, saía sozinha pelas veredas, voltava com quilos de amoras, as pernas arranhadas. Nunca dizia "estou velha demais para": pescar com os meninos, ir ao parque Foire du Trône, deitar tarde etc.

Num fim de tarde de dezembro de 1979, por volta de seis e meia da tarde, ela foi atropelada na Nationale 15 por um Citroën CX que furou o sinal vermelho na faixa de pedestres que ela estava atravessando. (O artigo publicado num jornal local dizia que o motorista tinha dado azar, "a visibilidade não estava das melhores por causa das chuvas recentes" e o "ofuscamento causado pelos carros vindos na direção oposta somado a outros fatores fizeram com que o motorista não visse a septuagenária".) Ela quebrou a perna e teve um traumatismo craniano. Ficou inconsciente durante uma semana. O cirurgião da clínica avaliou que graças à sua constituição robusta ela ia se recuperar. Ela se debatia tentando arrancar o soro e levantar a perna engessada. Gritava para a sua irmã loira, que tinha morrido vinte anos antes, para tomar cuidado pois um carro estava avançando para cima dela. Eu observava seus ombros nus, seu corpo que pela primeira vez eu via abandonado à dor. Tive a sensação de estar diante da jovem que me dera à luz com dificuldade durante uma noite na guerra. Percebi em estado de choque que ela podia morrer.

Ela se restabeleceu, caminhava tão bem quanto antes. Queria ganhar o processo que movera contra o motorista do Citroën CX, se submetendo a todos os médicos especialistas com um tipo de despudor. Diziam que ela tivera sorte de se sair dessa tão bem. Ficava orgulhosa, como se o carro lançado contra ela fosse mais um obstáculo que ela, como sempre, conseguira superar.

Ela mudou. Punha a mesa cada vez mais cedo, onze da manhã, e no fim do dia às seis e meia. Lia apenas *France-Dimanche* e as fotonovelas que uma antiga cliente lhe passava (e ela escondia no armário da cozinha quando eu ia visitá-la). Ligava a TV desde cedo — na época não tinha nenhum programa nesse horário, apenas música de fundo com uma cartela fixa na tela —, deixava o aparelho ligado o dia todo, olhando apenas às vezes, e à noite dormia diante dele. Ela se irritava com facilidade e o tempo todo dizia "detesto isso" em relação a coisas inconvenientes e banais, uma blusa difícil de passar, o aumento de dez centavos no preço do pão. Tinha também uma tendência a se assustar, fosse por uma correspondência do fundo de pensão, fosse por um prospecto anunciando que ela ganhou isso ou aquilo, "mas eu não pedi nada!". Quando evocava a época que passara em Annecy, os passeios com as crianças pelos bairros antigos, os cisnes no lago, ficava a ponto de chorar. Faltavam palavras em suas cartas, cada vez mais raras e curtas. O apartamento tinha um cheiro estranho.

Ela começou a passar por algumas aventuras. Ficava na plataforma da estação esperando um trem que já havia partido. Saía para fazer compras na hora em que todas as lojas estavam fechadas. As chaves desapareciam o tempo todo. A loja Redoute lhe mandava artigos que ela não tinha encomendado. Ela se tornou agressiva com os familiares em Yvetot, acusando todos de ficarem bisbilhotando seu dinheiro, não queria mais encontrá-los. Um dia em que telefonei, ela disse: "não aguento mais ficar me aborrecendo nesse maldito lugar". Parecia ficar nervosa com ameaças indizíveis.

Julho de 1983 foi escaldante, mesmo para a Normandia. Ela não bebia nada e não sentia fome, afirmando que os remédios a alimentavam. Desmaiou no sol e a levaram para a enfermaria da residência em que morava. Alguns dias depois, alimentada e hidratada, ela estava melhor e pediu para voltar ao apartamento, "senão vou pular da janela", disse. Segundo o médico, seria impossível deixá-la sozinha a partir daí. Ele aconselhou que eu a levasse para uma casa de repouso. Resisti a essa solução.

No começo de setembro, fui buscá-la de carro na residência a fim de levá-la definitivamente para casa. Eu estava separada do meu marido e morava com meus dois filhos. Durante todo o trajeto eu pensava, "agora vou cuidar dela" (como em outros tempos, "quando eu for adulta, vou viajar com ela, vamos ao Louvre" etc.). Estava um dia lindo. Ela estava serena, sentada no banco da frente do carro, a bolsa sobre os joelhos. Como sempre, falamos das crianças, da escola, do meu trabalho. Ela contou toda alegre algumas histórias de suas companheiras de quarto, apenas uma observação estranha sobre uma delas: "uma vaca indecente, eu daria uns tapas nela". É a última imagem feliz que tenho da minha mãe.

A história dela para aqui, quando deixou de ter um lugar no mundo. Ela perdeu a consciência. Essa doença se chama Alzheimer, nome dado pelos médicos a uma forma de demência senil. Há alguns dias venho tendo mais dificuldade para escrever, talvez porque não queira chegar a esse momento. No entanto, sei que não posso viver sem juntar, por meio da escrita, a mulher demente que ela se tornou àquela outra mulher que ela foi, forte e luminosa.

Ela não conseguia se encontrar entre os diferentes cômodos da casa e me perguntava, em geral com raiva, onde ficava o seu quarto. Perdia as coisas (a frase que dizia na época: "não consigo mexer nisso") e ficava perturbada quando as encontrava em lugares nos quais se recusava a acreditar que ela própria tinha deixado. Pedia para costurar, passar roupa, descascar os legumes, mas cada tarefa logo a irritava. Começou a viver numa impaciência eterna, ver TV, almoçar, ir ao jardim — e um desejo emendava no outro sem nunca lhe trazer satisfação.

À tarde, ela sentava como antes na mesa da sala de estar, com sua agenda de endereços e um bloco de correspondência. Ao longo de uma hora ficava arrancando as cartas que começava mas não conseguia continuar. Numa delas, de novembro, escreveu: "Querida Paulette, não consigo sair da minha noite".

Depois ela esqueceu a ordem e o funcionamento das coisas. Não sabia mais como dispor os copos e as louças sobre a mesa ou apagar a luz de um quarto (ela subia na cadeira e tentava desenroscar a lâmpada).

Usava saias velhas e meias cerzidas das quais não aceitava se desfazer: "você deve ser bem rica pra ficar jogando tudo fora". Não tinha outros sentimentos além de raiva e desconfiança. Em cada palavra dita, sentia uma ameaça contra si. Necessidades urgentes a torturavam continuamente: comprar um gel fixador para o cabelo, saber que dia o médico ia voltar, quanto de dinheiro ela tinha na caderneta de poupança. Mas às vezes tinha acessos de alegria artificiais, dava leves risadinhas sem propósito para mostrar que não estava doente.

Ela parou de entender as coisas que lia. Ficava dando voltas de um cômodo para o outro, procurando algo sem parar. Esvaziava seu armário, estendendo sobre a cama os vestidos, as lembrancinhas, guardando de volta em prateleiras diferentes, e recomeçava no dia seguinte, como se não conseguisse encontrar a disposição ideal. Um sábado à tarde, em janeiro, juntou metade de suas roupas em sacos plásticos e costurou a borda com fios para fechá-los. Quando não estava arrumando, ficava sentada numa cadeira na sala de estar, de braços cruzados, olhando para a frente. Nada mais conseguia deixá-la feliz.

Ela perdeu os nomes. Me chamava de "senhora" num tom de cortesia mundana. O rosto dos netos já não lhe dizia nada. À mesa, ela lhes perguntava se eram bem pagos aqui, imaginava estar numa fazenda onde eles eram, como ela, empregados. Mas ela "enxergava" a si mesma, tinha vergonha de sujar a calcinha de urina, então a escondia debaixo do travesseiro, a voz baixinha certa manhã na cama, "escapou". Tentava se agarrar ao mundo, a todo custo queria costurar, juntando os lenços de pôr na cabeça com os lencinhos de bolso, um por cima do outro, com pontos irregulares. Se apegava a determinados objetos, sua nécessaire que carregava sempre, em pânico, quase aos prantos quando não a encontrava.

Durante esse período, sofri dois acidentes de carro nos quais eu estava errada. Tinha dificuldade para engolir, dores no estômago. Por qualquer coisa eu gritava e tinha vontade de chorar. Às vezes, pelo contrário, ria violentamente com meus filhos, fingíamos que os esquecimentos da minha mãe eram brincadeiras que ela fazia de propósito. Eu falava dela a pessoas que não a conheciam. Elas ficavam me olhando em silêncio, eu tinha a impressão de estar louca também. Um dia, saí dirigindo pelo campo durante horas, só voltei para casa à noite. Comecei um relacionamento com um homem que me dava nojo.

Não queria que ela se tornasse criança, ela não tinha esse "direito".

Ela começou a falar com interlocutores que só ela via. A primeira vez que isso aconteceu, eu estava corrigindo uns trabalhos. Tapei os ouvidos. Pensei: "acabou". Depois escrevi num pedaço de papel, "mamãe está falando sozinha". (Estou escrevendo as mesmas palavras agora, mas elas não são mais, como na época, palavras só para mim, escritas para suportar tudo, são palavras para dar a entender.)

Pelas manhãs ela não queria mais levantar. Só comia laticínios e alimentos doces, vomitando todo o resto. No fim de fevereiro, o médico decidiu levá-la para o hospital em Pontoise, onde ela foi internada na unidade de gastroenterologia. Em alguns dias seu estado melhorou. Ela tentava fugir da unidade, as enfermeiras tiveram que amarrá-la à poltrona. Pela primeira vez, eu escovei seus dentes, limpei suas unhas, passei creme no seu rosto.

Duas semanas depois a transferiram para a unidade geriátrica. É um pequeno prédio novo de três andares atrás do hospital, no meio das árvores. Os idosos, em sua maioria mulheres, são divididos assim: no primeiro andar, os que ficam internados provisoriamente, no segundo e no terceiro, os que têm o direito de ficar lá até a morte. O terceiro andar é reservado aos deficientes físicos e mentais. Os quartos, duplos ou individuais, são claros, limpos, com papel de parede de motivos florais, quadros, um relógio de parede, poltronas de napa, um banheiro com chuveiro. Para uma vaga definitiva, a espera às vezes é longa, quando, por exemplo, não houve nenhum óbito durante o inverno. Minha mãe foi para o primeiro andar.

Ela falava animada, contava cenas que acreditava ter visto na véspera, um assalto à mão armada, o afogamento de uma criança. Dizia que tinha acabado de voltar das compras, as lojas abarrotadas de gente. Os medos e as raivas tinham voltado, ela se indignava por trabalhar como um negro para patrões que não a pagavam, ou com os homens que corriam atrás dela. Ela me recebia furiosa, "estou sem nada esses dias, não tenho nem como comprar um pedaço de queijo". Guardava no bolso pedaços de pão do almoço.

Mesmo assim, não se resignava. A religião se extinguiu nela, nenhuma vontade de ir à missa, de ter seu terço à mão. Queria se curar ("vão acabar descobrindo o que eu tenho"), queria sair dali ("vou ficar melhor com você"). Andava de um corredor para o outro até ficar esgotada. Pedia para tomar vinho.

Num fim de tarde de abril, ela já estava dormindo, às seis e meia, deitada por cima dos lençóis, com um conjunto; as pernas levantadas mostravam seu sexo. Estava muito quente no quarto. Comecei a chorar porque ela era a minha mãe, a mesma mulher da minha infância. O peito dela estava coberto por pequenas veias azuis.

A estadia autorizada de oito semanas naquela unidade chegou ao fim. Ela foi internada numa casa de repouso particular por um período provisório, porque lá não aceitavam pessoas que estivessem "desorientadas". No fim de maio, ela voltou para a unidade de geriatria do hospital de Pontoise. Uma vaga fora liberada no terceiro andar.

Pela última vez, apesar da confusão, é ainda ela, quando desce do carro, atravessa a porta de entrada, com a postura reta, de óculos, o tailleur cinza-mescla, sapatos elegantes, meia-calça. Na mala, as camisas, seus próprios lençóis, lembrancinhas e fotos.

Ela entrou definitivamente nesse espaço sem estações, sempre um calor agradável, aromático, o ano todo, sem hora, apenas a repetição bem regrada das funções, comer, se deitar etc. Nos intervalos, andar pelos corredores, aguardar a comida sentada na mesa com uma hora de antecedência, dobrando e desdobrando sem parar o guardanapo, ver passar na tela da televisão as séries americanas e as propagandas reluzentes. Havia momentos festivos, talvez: a distribuição de docinhos todas as quintas por senhoras voluntárias, uma taça de champanhe no Ano-Novo, o buquê de lírio-do-vale no Primeiro de Maio. Ainda um pouco de amor também, as mulheres ficam de mãos dadas, se tocam nos cabelos, se batem. E a filosofia constante das cuidadoras: "Vá, senhora D..., pegue uma bala, ajuda a passar o tempo".

Em algumas semanas, o desejo de autopreservação a abandonou. Ela desmoronou, avançava meio curvada, a cabeça caída. Perdeu os óculos, o olhar era opaco, o rosto desarmado, levemente inchado por causa dos calmantes. Sua aparência passou a ter algo de selvagem.

Pouco a pouco começou a perder todos os pertences, um casaco de lã de que antes ela gostava muito, o segundo par de óculos, a nécessaire.

Para ela dava no mesmo, não tentava mais encontrar o que quer que fosse. Não se lembrava mais do que tinha lhe pertencido, não guardava mais nada. Um dia, observando o menininho limpador de chaminés savoiano que ela levava para todo canto desde Annecy: "eu já tive um igual". Como a maioria das outras mulheres, para maior comodidade, ela usava uma bata aberta nas costas, de cima a baixo, com uma blusa florida por cima. Não tinha mais vergonha de nada, nem de usar fralda para a urina, nem de comer vorazmente com as mãos.

As pessoas ao redor foram se tornando cada vez mais indiferenciadas. As palavras lhe chegavam desprovidas de sentido, mas ela respondia, ao acaso. Sempre tivera o desejo de se comunicar. A função da linguagem permanecia intacta nela, frases coerentes, palavras pronunciadas de modo correto, estavam só separadas das coisas, e submetidas apenas à sua imaginação. Ela inventou a vida que não vivia mais: ia a Paris, comprava um peixe-dourado, levavam-na até a sepultura do marido. Mas, às vezes, ela SABIA: "tenho medo de que meu estado seja irreversível". Ou LEMBRAVA: "fiz de tudo para que minha filha fosse feliz, mas ela não foi mais feliz por causa disso".

Ela atravessou o verão (punham nela, como nas outras senhoras, um chapéu de palha para descer ao parque, sentar nos bancos) e o inverno. No dia 1º de janeiro, vestiram-na com uma camisa e uma saia dela e lhe deram uma taça de champanhe. Ela andava cada vez mais devagar, segurando na barra que havia na parede dos corredores. Caía. Perdeu a parte de baixo da dentadura, depois a de cima. Seus lábios se estreitaram, o queixo ocupou todo o espaço. Na hora de visitá-la, minha angústia era cada vez maior de encontrá-la ainda menos "humana". Longe dela, eu a imaginava com as expressões, a aparência de antes, e nunca como ela estava então.

No verão seguinte, ela fraturou o colo do fêmur. Não a operaram. Implantar uma prótese de quadril, bem como o resto — refazer os óculos, os dentes —, não valia mais a pena. Ela não levantava mais da poltrona de rodinhas à qual a ataram com uma faixa de pano amarrada ao redor da cintura. Deixavam-na na sala de jantar com as outras mulheres, diante da televisão.

As pessoas que a tinham conhecido me escreviam, "ela não merecia isso", julgavam que era melhor que ela se visse "livre" de uma vez. A sociedade inteira talvez tenha um dia a mesma opinião. Ninguém ia visitá-la, para todos ela estava morta.

Mas ela tinha vontade de viver. Tentava o tempo todo levantar, apoiando-se com força sobre a perna boa e arrancando a faixa que a prendia. Estendia a mão na direção de tudo o que estivesse ao alcance. Sempre estava com fome, sua energia se concentrava na boca. Gostava quando lhe davam um beijo e mexia os lábios para a frente para fazer a mesma coisa. Era uma menininha que não cresceria.

Eu levava chocolate e bolinhos que lhe dava em pequenos pedaços. No começo nunca acertava o bolo, era muito cremoso ou muito duro, ela não conseguia comer (dor indizível vendo-a se debater, os dedos, a língua, para conseguir terminar de comer). Eu lavava as mãos dela, raspava o rosto, passava perfume. Um dia comecei a pentear os cabelos dela, depois parei. Ela disse: "Eu gosto quando você penteia meus cabelos". Em seguida, passei a pentear sempre. Ficava sentada na frente dela, no quarto. Com frequência ela pegava o tecido da minha saia e o apalpava como se examinasse a qualidade. Ela rasgava o papel dos bolos com força, serrando os maxilares. Falava de dinheiro, dos clientes, ria inclinando a cabeça. Eram gestos que ela sempre tinha feito, palavras que vinham de toda sua vida. Eu não queria que ela morresse.

Sentia necessidade de lhe dar comida, de tocar nela, entendê-la.

Várias vezes, o desejo brutal de levá-la dali, de não fazer nada além de cuidar dela, e logo a consciência de que não conseguiria. (Culpa por a ter levado para lá, mesmo que, como diziam as pessoas, eu não pudesse ter feito diferente.)

Ela atravessou outro inverno. No domingo depois da Páscoa, fui visitá-la levando um buquê de sinos-dourados. Era um dia cinzento e frio. Ela estava na sala de jantar com as outras mulheres. A televisão ligada. Quando me aproximei, ela sorriu para mim. Arrastei a poltrona dela até o quarto. Arranjei os ramos de sinos-dourados num vaso. Sentei ao lado dela e lhe dei chocolate. Ela estava vestida com meias de lã marrons que iam até acima do joelho e uma bata muito curta que deixava suas coxas magras descobertas. Limpei as mãos dela e a boca, sua pele estava quente. A certa altura ela tentou pegar os ramos de sinos-dourados. Mais tarde eu a levei de volta para a sala de jantar, estava passando o programa de Jacques Martin, *L'École des Fans*. Dei um beijo nela e peguei o elevador. Ela morreu no dia seguinte.

Uma semana depois, eu repassava esse domingo em que ela estava viva, as meias marrons, os sino-dourados, os gestos e o sorriso de quando me despedi dela, depois a segunda-feira em que ela estava morta, deitada na cama. Não conseguia juntar esses dois dias.

Agora tudo está ligado.

É fim de fevereiro, tem chovido bastante e o tempo está agradável. Essa noite, depois das compras, voltei à casa de repouso. Do estacionamento, o prédio me pareceu mais claro, quase acolhedor. A janela do antigo quarto da minha mãe estava acesa. Pela primeira vez pensei com espanto: "tem alguém no lugar dela". Pensei também que um dia, nos anos 2000, eu serei uma dessas mulheres que esperam pelo jantar dobrando e desdobrando o guardanapo, aqui ou em outro lugar.

Durante os dez meses em que escrevi, sonhava com ela quase todas as noites. Uma vez, eu estava deitada no meio de um rio, entre duas águas. Do meu ventre e do meu sexo outra vez liso como o de uma menininha, saíam plantas em filamentos que boiavam soltas. Não era apenas o meu sexo, era também o da minha mãe.

Em alguns momentos tenho a sensação de que estou no tempo em que ela ainda morava na minha casa, antes de ter ido para o hospital. De repente, sem deixar de ter consciência da morte dela, espero que ela desça as escadas e sente com sua caixa de costura na sala. Essa sensação, na qual a presença ilusória da minha mãe é mais forte do que sua ausência real, é sem dúvida uma forma de esquecimento.

Reli as primeiras páginas deste livro. Fico espantada ao perceber que não me lembrava mais de alguns detalhes, o funcionário do necrotério no telefone enquanto aguardávamos, a pichação no muro do supermercado.

Há algumas semanas, uma de minhas tias me disse que na época em que começaram a sair, minha mãe e meu pai tinham encontros no banheiro da fábrica. Agora que minha mãe morreu, não quero saber de mais nada a seu respeito que eu não soubesse enquanto ela estava viva.

Sua imagem tende a voltar a ser aquela que imagino ter tido na minha primeira infância, um vulto grande e branco acima de mim.

Ela morreu oito dias antes de Simone de Beauvoir.

Ela gostava de dar aos outros mais do que receber. Será que escrever não seria uma forma de dar?

Isto não é uma biografia, nem um romance, evidentemente, talvez alguma coisa entre a literatura, a sociologia e a história. Foi preciso que minha mãe — nascida num mundo dominado do qual ela desejava sair — se tornasse história para que eu me sentisse menos solitária e falsa no mundo dominador cheio de palavras e ideias no qual, seguindo o desejo dela, eu entrei.

Não vou mais ouvir sua voz. É ela, mas também suas palavras, suas mãos, seus gestos, a maneira como ria e andava, que unem a mulher que eu sou à criança que um dia eu fui. Perdi o último vínculo com o mundo do qual eu vim.

Domingo, 20 de abril de 1986 — 26 de fevereiro de 1987

FSC
www.fsc.org
MISTO
Papel | Apoiando o manejo florestal responsável
FSC® C011095

A marca FSC® é a garantia de que a madeira utilizada na fabricação do papel deste livro provém de florestas gerenciadas de maneira ambientalmente correta, socialmente justa e economicamente viável e de outras fontes de origem controlada.

Título original: *Une femme*

DIRETORAS EDITORIAIS Fernanda Diamant e Rita Mattar
EDITORA Eloah Pina
ASSISTENTE EDITORIAL Millena Machado
PREPARAÇÃO Cristina Yamazaki
REVISÃO Daniela Uemura e Eduardo Russo
DIRETORA DE ARTE Julia Monteiro
CAPA Bloco Gráfico
IMAGEM DA CAPA Arquivo privado de Annie Ernaux (direitos reservados)
PROJETO GRÁFICO Alles Blau
EDITORAÇÃO ELETRÔNICA Página Viva

Dados Internacionais de Catalogação na Publicação (CIP)
(Câmara Brasileira do Livro, SP, Brasil)

Ernaux, Annie
Uma mulher / Annie Ernaux ; tradução do francês por Marília Garcia. — São Paulo : Fósforo, 2024.

Título original: Une femme
ISBN: 978-65-6000-012-4

1. Ernaux, Annie, 1940- 2. Escritoras francesas — Autobiografia 3. Romance autobiográfico francês I. Título.

24-198622 CDD — 843.914

Índice para catálogo sistemático:
1. Romance autobiográfico : Literatura francesa 843.914

Cibele Maria Dias — Bibliotecária — CRB-8/9427

1ª edição
1ª reimpressão, 2024

Editora Fósforo
Rua 24 de Maio, 270/276, 10º andar, salas 1 e 2 — República
01041-001 — São Paulo, SP, Brasil — Tel: (11) 3224.2055
contato@fosforoeditora.com.br / www.fosforoeditora.com.br

Este livro foi composto em GT Alpina
e GT Flexa e impresso pela Ipsis em papel
Pólen Bold 90 g/m² da Suzano para a
Editora Fósforo em agosto de 2024.